La gran fiesta de los olores
Colección Somos8

© de las ilustraciones y el texto: Pato Mena, 2019
© de la edición: NubeOcho, 2019
www.nubeocho.com · info@nubeocho.com

Corrección: Mª del Camino Fuertes Redondo

Primera edición: febrero 2019
ISBN: 978-84-17123-97-0
Depósito legal: M-39094-2018

Impreso en Portugal.

Esta noche, Topo Maravilla celebra su famosa fiesta de disfraces aromáticos.

Pero un momento...
¿Sabes lo que es un disfraz aromático?

Verás, los topos son animales que viven bajo tierra y no ven casi nada. Por eso usan su poderoso olfato para percibir el mundo.

Cuando un topo va a una fiesta de disfraces, no lo hace como nosotros lo haríamos ¡porque sus amigos topos no verían su disfraz!

Por eso se pone un disfraz que huele.

¡Ya estás preparado para
empezar a leer este libro!

LA GRAN FIESTA DE LOS OLORES

Pato Mena

nubeOCHO

—¡Oh! ¡Llega el primer invitado! **SNIF, SNIF**...
¿Qué tenemos aquí? —dice Topo Maravilla—.
¡Pero si es un jaguar! ¡Qué buen disfraz, me
encanta! Por favor, pasa.

—Gracias, Topo Maravilla —dice el topo
recién llegado.

—¡Un caballo! **SNIF, SNIF**... ¡Y una rana! —exclama Topo Maravilla—. ¡Qué fragancias más elegantes! ¡Bienvenidos!

—Muchas gracias, Topo Maravilla.

—**SNIF, SNIF**... ¡Un zorro y un cocodrilo!
Son unos olores magníficos. ¡Adelante, adelante!

—¡Con mucho gusto! —exclaman ambos invitados.

—¡Oh, qué sorpresa! **SNIF**... Un disfraz de comadreja —dice Topo Maravilla—. En muchas fiestas hemos olfateado un disfraz como el tuyo, pero tu aroma es sorprendentemente real. ¡Adelante!

—Jejeje, ¡gracias! —responde la astuta comadreja colándose en la fiesta. ¡Qué suerte que los topos no ven nada!

Han llegado ya todos los invitados y la fiesta es un éxito.
El anfitrión Topo Maravilla está contento, pero la comadreja está
aún más contenta, porque planea pasar desapercibida y comerse
un par de topos bien gordos para cenar.

—Tu disfraz de comadreja es buenísimo —le dicen los invitados.

—Muchas gracias. Hay que celebrarlo comiendo mucho, ¡vamos a engordar! Jejeje...

Pero de pronto...

¡DING! ¡DONG!

—Inspector de policía —dice Topo Maravilla extrañado—, ¿qué te trae a mi casa esta noche?

—Perdona que interrumpa la fiesta —responde el inspector—, pero han dado aviso de una peligrosa comadreja que ronda la comarca y vine a oler que todo estuviera en orden.

¡OH, NO!

—No te preocupes,
inspector, aquí lo
estamos pasando
muy bien.

—Me alegra oír eso, pero en
caso de que huelas algo extraño
no dudes en avisarme.

UFFF...

—Claro, buenas noches.
Mmm... ¡Espera, inspector!
Ahora que lo pienso,
estaría bien que pasaras
un momento.

¡¿QUÉ?!

Porque ¿sabes?
Precisamente esta
noche tenemos...

—Topo Maravilla, como te decía, esta noche tengo
que trabajar. Sin embargo, debería...

—¡Que comience el concurso! —anuncia Topo Maravilla entre aplausos.

—Los nominados son: el estupendo disfraz de jirafa, el atrevido disfraz de pingüino y el impactante disfraz de comadreja —anuncia Topo Maravilla—. Señor jurado, ¡puedes comenzar cuando quieras!

El inspector de policía evalúa primero el disfraz de jirafa.

—**¡SNIF! ¡SNIF!** Espléndidos toques exóticos... Muy sutil fragancia —sentencia el policía.

Después, el disfraz de pingüino.

—¡SNIF! ¡SNIF! ¡Increíble! Incluso se siente el frescor del aire polar con matices de pescado. ¡Fantástico aroma!

Por último, el inspector de policía se acerca a la comadreja, que no para de temblar.

—A esto llamo yo un verdadero olor a comadreja. Realmente espléndido.

SNIF SNIF

¡Vaya! ¡Hasta tiene aliento de comadreja! Qué detalle.

¡Un momento! —dice de pronto el policía...

¿Te has preguntado qué pasaría...

—Topo Maravilla, ¿te has planteado la posibilidad...?

... si en tu fiesta
de disfraces hubiera...?

En medio de los gritos de emoción tras las palabras del jurado, la comadreja se da cuenta de que no se podrá comer ningún topo para cenar... Pero en el fondo, es su día de suerte, porque podrá aprovechar la confusión para escapar.

—¡Me voy ahora mismo de esta casa de locos!

Pero en ese momento...

—Buenas noches, Topo Maravilla —dice un desvelado erizo—. Por favor, ¿podrías bajar la música y pedirles a tus invitados que moderen la voz? No puedo dormir.

—Acepta mis disculpas, vecino erizo, te aseguro que no escucharás ningún otro ruido molesto.

—Muchas gracias —dice el erizo despidiéndose—. Buenas noches, Topo Maravilla, buenas noches, amigos topos y... ¡Oh! ¡Buenas noches, comadreja!